낭송이 좋은 김태호 시선집

바람꽃 지등소리

국립중앙도서관 출판예정도서목록(CIP)

바람꽃 지둥소리 : 낭송이 좋은 김태호 시선집 / 지은이 : 김태호.
-- 서울 : 한누리미디어, 2017
  p. ;   cm

"시인 연보" 수록
ISBN 978-89-7969-759-9 03810 : ₩12000

한국 현대시 [韓國現代詩]

811.7-KDC6
895.715-DDC23   CIP2017023771

낭송이 좋은 김태호 시선집

바람꽃 지등소리

한누리미디어

연전에 시집《동물의 세계》를 내었는데
일찌감치 동이 나고 보니 허전한 마음이다.

불과 시력 30년에 선집을 낼 처지는 아니지만
금년이 '산수傘壽' 해라 하니
눈 딱 감고 일을 벌이기로 하였다.

그 동안 발표된 시 가운데 비교적 낭송에
유리하다고 여겨지는 시편을 고르고
주변의 길흉사 또는 각종 의미 있는 모임에서
낭독한 시를 찾아 부록으로 넣었다.

이제껏 도와주신 문단 선후배님들과 지인들께
고마움을 전하며
애정 어린 질정叱正을 바랄 뿐이다.

9

2017년 초가을

黎雲여운 김 태 호

바람꽃 지듬소리

차례

시인의 목소리 · 9
시인 연보 · 179

제1부   날마다 솟는 잎새

018 ··· 해돋이
019 ··· 연날리기
020 ··· 입춘 무렵
021 ··· 날마다 솟는 잎새
022 ··· 3월 나무
024 ··· 오월산
026 ··· 낙화
027 ··· 샐비어의 꿈
028 ··· 빗소리
029 ··· 가을이네요
030 ··· 달밤
031 ··· 사는 의미
032 ··· 박꽃이 필 때
034 ··· 12월의 기도
036 ··· 겨울산에서

제2부 눈 오는 날의 탑골공원

038 ··· 백두산 천지

040 ··· 겨울에 띄우는 편지

042 ··· 재회송

045 ··· 눈나라 소식

046 ··· 댓돌 위에 신발 한 켤레

048 ··· 무궁화

050 ··· 약속

052 ··· 천년학

053 ··· 고려인

054 ··· 역사 앞에서

056 ··· 눈 오는 날의 탑골공원

058 ··· 3월 꽃자리

060 ··· 거기 있었네

062 ··· 혼자 피는 꽃

063 ··· 칠지도七支刀

11

차례

제3부　다리놓기

066 ··· 한 줄의 시

067 ··· 섬진강

068 ··· 다리 놓기

070 ··· 노송에게

071 ··· 땅끝마을

072 ··· 제주기행

074 ··· 파도소리

075 ··· 어라연

076 ··· 등성이에 서면

078 ··· 고향지기

080 ··· 6월의 귀거래사

082 ··· 겨울 새재

084 ··· 우주로 가는 태극기

086 ··· 오타와로 가는 길

088 ··· 눈이 온 날에

낭송이 좋은 김태호 시선집

제4부 달빛씻기

090 ··· 빈집

091 ··· 닭

092 ··· 달빛씻기

094 ··· 꽃잎 하나에

096 ··· 사람들

098 ··· 마중물

099 ··· 삼척 앞바다

100 ··· 손을 위한 기도

102 ··· 바다 있기에

103 ··· 사랑니

104 ··· 창밖엔 샛별

106 ··· 바다가 그리워짐은

107 ··· 동반자

108 ··· 종소리

110 ··· 나뭇잎은 강물에 떠서

13

차례

제 5 부 해금을 들으며

114 ⋯ 어머니

116 ⋯ 잃어버린 얼굴

117 ⋯ 벙어리 새

118 ⋯ 친구여

120 ⋯ 잣대

121 ⋯ 소리

122 ⋯ 태종대

124 ⋯ 대동여지도

126 ⋯ 난중일기

128 ⋯ 황진이

130 ⋯ 아사녀

132 ⋯ 청해진 앞바다에서

134 ⋯ 고인돌을 바라보며

135 ⋯ 해금을 들으며

136 ⋯ 해넘이에서

| 낭송이 좋은 김태호 시선집

낭송이 좋은 김태호 시선집

바람꽃 지등소리

부록   축시 기념시 추모시

140 ··· 백년가약, 눈 온 날의 약속
142 ··· 사랑의 열매 맺으리
144 ··· 오늘은 비 개이고
146 ··· 가르침의 외길에서
148 ··· 재롱둥이 스타 탄생
150 ··· 그윽한 숨결 이어받드는
152 ··· 파도야 어쩌란 말이냐
155 ··· 그대 얼굴엔
156 ··· 문화의 향기 넘쳐나소서
158 ··· 무지개를 향하여
160 ··· 경명행수經明行修의 별자리
162 ··· 사랑의 나래 펼치소서
164 ··· 아름다운 만남
166 ··· 하늘에서 본 밴쿠버
168 ··· 뿌리 사랑 꽃피우소서
170 ··· 언덕에 올라
172 ··· 어엿한 깃발 힘차게 날리리라
175 ··· 넌 혼자가 아니야
176 ··· 시 낭송 그 봉우리
178 ··· 철쭉꽃 하얀 봄날

15

제 1 부

날마다 솟는 잎새

해돋이
연날리기
입춘 무렵
날마다 솟는 잎새
3월 나무
오월산
낙화
샐비어의 꿈
빗소리
가을이네요
달밤
사는 의미
박꽃이 필 때
겨울산에서
12월의 기도

해돋이

아무도 거스르지 못할
빛의 가장자리
껍질 벗는 일체의 속살
가슴 떨리는 두려움으로
해를 맞는다
새벽 어둠을 뚫고
솟아오르는 둥그런 얼굴
부신 나래 끝에 아침이 열리고
그림자 덮인 산자락도
윗도리 걸치며 일어선다
숲속 잠든 한 마리 들짐승과
새들도 눈을 떠 둥지 밖을 내다보고
멀리 뻗어나간 길들과
돌아드는 시내까지
땅끝에서 땅끝으로 달려가는
새 생명의 출렁임
하늘 우러르는 기도와
작은 용서의 속삭임까지
깨어나는 빛살 앞에 무릎 꿇는다

연날리기

연을 올리자
아득한 곳에 연을 올리자
바람 더불어 햇살치는 자리
높이높이 연을 띄우자
연실 풀려나는 하늘 끝자락
산도 바다도 내려다보며
아스라이 별들이 반짝이는 곳
언땅 솟아나는 푸르른 숨결
얼레 감긴 연줄에 실어
바람연을 띄우자, 소망연을 날리자
다가오는 새해는 우리의 것
솟는 해의 부심으로 뜨겁게
뜨겁게 가슴을 열고 무궁소망
하늘 높이 연을 올리자
아름다운 미인연을 띄우자

입춘 무렵

어디선가 발자국소리 들린다
작지만 또렷한 울림이다
아무도 없는 들판 그림자 짓는 구름
구름 사이로 따스한 햇살 비추면
처마 밑 어미닭이 모이 좇아 앞마당 달려가고
놀란 개구리 연못가 풀섶에 몸을 숨긴다
어제는 뒷동산 멧비둘기 한 쌍 날아와
언덕바지 잔설 위에 작은 발목을 적시고 갔다
겨우내 맵찬 눈보라 몸을 떨던 미물들
놀란 가슴 쓸며 봄맞이 채비를 한다
아무렴, 푸른 하늘을 믿어야지
언 땅 얼음 녹일 봄비도 맞아야지
산에서도 들에서도 솟구치는 몸짓
나래짓이 요란하다

날마다 솟는 잎새

보는 이도 없이 자라는 잎새
새살 돋는 잎새를 보면
날마다 더하는 푸르름에
눈이 부시다
가지와 가지 사일 오가며
고운 열매 익히는 잎새들의
출렁임에 키가 크는 아이들
쨍쨍한 햇볕을 등에 업고
짓궂은 장난기를 흔들며
무럭무럭 자라는 아이들같이
어엿한 나뭇잎 하나로
세상을 덮으려는 놀라운 생각
날마다 솟는 잎새들의 잔치

바람꽃 지듯소리

3월 나무

어제 보던 그 나무 아니다
바람소리 자욱하던 앙상한
나뭇가지 어느새 두 팔 벌려
기지개를 켜는구나

보아라, 눈앞의 나무들
바람 머물다 달빛 머물다
새들이 앉았던 자리
하얀 눈을 이고도 안으로
안으로만 숨죽여 흐르던
겨울잠을 떨치고 이제 막
깨어나려 하는구나

눈부신 하늘 향해 팔뚝 내미는
저 결연함을 보아라
건듯 부는 바람에도 일렁이는
힘이 솟는다

깡마른 가지 푸른 잎 달고
벌판 달려갈 약속이라도 하였는가
뿌리 닿는 밑동에선 검은 기운

솟아오른다

그대여, 겨우내 움츠렸던
가녀린 나뭇가지
볼품없는 삭정이 털어내고
다투어 하늘 찌르는 잔가지의
대견함이 아름답지 아니한가

어지러운 눈보라
흐린 눈 씻고 먼산 바라보는
향그러운 숨결
봄 햇살 꿈꾸는 대지 위에
굳은살 찢어내는 삼월의 나무여

오월산

우윳빛 바람을 타고
자르르한 윤기
초록을 떨쳐 입고
일어서는 산

긴 터널 불타던 계절
생솔가지 흘리신 눈물
내 어머니 눈물자국
흙가슴 딛고 일어섰다

순하디 순한 눈빛
타오르는 초록의 향연
가슴 깊이 묻어둔 별
나래 펼쳐 숨쉬는가

아리아리 반짝이며
물결치는 덤불 속엔
머루 다래 순 벋는
찔레향도 품었으리

24

춤이라도 추올 듯
어깨 들썩이며
푸르게 푸르게 살아나
발돋움하는 오월산

바람꽃 지듬소리

낙화 落花

구름 걷힌 숨결
두 손 놓고 떨어져
비인 자리 내리는 잎 잎들

땅머리 볼을 댄 아롱진 모습
별이 되어 흐르는가

몸을 날려 떨어지는 빛줄기
하늘문 돌아가는 꽃잎이 흩날린다

가벼울사록 아름다운 나래
소리 없는 나래짓을 남기고

그대 떠나간 아침이면
홀연히도 다가오는 눈빛

임이 머물다 간 자리
하얗게 쌓이는 얼굴

샐비어의 꿈

가녀린 몸매
곧은 키 고운 빛

아침 햇살처럼
차오르는 태깔
깨알 같은 그리움 담고 섰다

맑은 하늘을 보고 싶어요
푸른 마음을 읽고 싶어요
눈부신 태양 아래 불타고 싶어요

작은 몸을 흔드는 바람에도
밤하늘 별빛처럼
눈뜨고 싶어요

빗소리

낮엔 안 들리던 소리
한밤중에야 듣는다
가늘게도 굵게도
끊임없이 내리는 빗발
작은 벌레나 풀잎마저도
듣는 빗소리를
밤중에서야 듣는다
하늘에서도 땅에서
세차게 두드리는 생명의 소리
그 오묘한 소리를
밤이 깊어서야 듣는다
베갯머리 이윽히
젖은 몸 되어
어둠 속 트이는 귀
한밤을 무서움으로
휘모는 빗소리

가을이네요

바라보면 아득히
물결 이랑 반짝이는
가을이네요

지붕 오른 담쟁이
여윈 손을 모아쥔 채
뜰 아래 내려다보는
가을이네요

천둥 몰아치는
으스름 달빛
모진 마음 흩어내는
가을이네요

몽당연필 한 자루
가지 끝 사연
물든 잎새 날리며
쌓이는 등걸
떠난 사람 돌아오는
가을이네요

바람꽃 지두소리

달밤

하늘 날아오른 새
내려설 수 없는 아득함에서
빛부신 나래를 펼치는가

의지가지 돌아보아도
잠들 수 없는 허공의 둘레
짙푸른 이랑에 얼굴 적시고
어쩌지 못할 스스러움에
은은한 빛만을 쏟아내는가

넘치는 물빛
노래일 수 없는 푸르름에서
어둠을 껴안는 나무들

먼 바닷가 별이 지는데
잎새가 흔들리듯
바람결 창을 여는 새
불꽃 푸득이는 밤을 에워
긴긴 울음조차 다스리는가

30

사는 의미

무서운 꿈을 꾸고 식은 땀 흘리는 날이면 사는 의미가 새롭습니다. 깊은 밤 창밖으로 가슴 무너뜨리는 오동잎이 진다해도 마음은 한결 한가롭습니다. 날이 새면 더욱 두렵고 진땀 나는 꿈, 천길 벼랑을 오르는 어기찬 꿈조차 꾸게 됩니다. 등뒤를 누르는 멍에일지라도 산꼭대기 서 보는 아슬한 바램으로 사는 의미는 사뭇 은빛 날개를 달고 포물선을 긋게 됩니다. 무서운 꿈은 깨어서 새롭지만 소중한 꿈은 더디 깨는것이 좋습니다. 언제 끝날지 모르는 꿈, 꿈꾸는 동안이 즐겁습니다. 묵은 일기장을 뒤적이고 종이 위에 낙서도 허적입니다. 때로는 반기는 이 어울려 술잔을 기울이기도 하구요, 가을날 샛노란 은행잎을 퉁기며 콧노래도 불러봅니다. 언덕을 오르다 미끄러져 곤두박질하더라도 너털웃음으로 털고 일어서는 일상의 여유, 깨뜨려도 동강나지 않는 삶의 넉넉함을 위하여 구수한 찐쌀주머니를 허리춤에 차고 다닙니다. 길을 걸으며 입에 넣곤 우물거리고 혼자 웃기도 합니다.

31

박꽃이 필 때

박꽃은 밤에 핀다
달빛을 받으며 잎겨드랑 자리 앉아
소곤소곤 얘기다발 피우는 박꽃,
빛부신 새날 듬직한 박덩이
주렁주렁 열리는 꿈을 꾼다

하얀 얼굴 눈빛끼리 속삭일 때는
아무런 소리도 들리지 않는다
밭 가운데 참외서리, 밤대추
털어내는 소리조차 들리지 않는다
그저 달빛 반짝이는 모서리로
사각사각 흐르는 박씨 자라는
소리만이 들릴 뿐이다

햇살 따가운 아침이면
작은 꽃들은 입을 다물고
까칠한 줄기 매달려
보금자릴 넓혀 나간다
손톱자국 피나도록
넝쿨을 잡고 뻗쳐오른다

높다란 하늘 구름 걷히고
고추잠자리 날아오른 지붕 위로
꼭지를 튼 애기박이
하나 둘 놓일 양이면
그제사 달빛 머금은 꽃들은
가느란 웃음을 띄우며
머언 길 앞에 기도를 올린다

미더운 박덩이 한 옆으로
목숨 같은 그늘을 부려놓고
고이 잠들려 한다

33

12월의 기도

어두운 밤하늘
어둠을 탓하기보다
반짝이며 흐르는
별이 되게 하소서

바람 지나는 풀숲에서도
고개 들기보다는
바람 한 켠으로 길을 열게 하시고
엎드려 바람소리 듣게 하소서

무심히 돌아서는 골목길
가난한 무릎 위에 손을 얹게 하시고
따뜻한 가슴으로
봄을 맞게 하소서

혀끝 맛들여진 삶
게으른 꿈자리 일어나게 하시고
닫힌 창문 새벽 하늘
열게 하소서

34

잡동사니 짐꾸러미
헛되이 지키기보다
넘어지는 때를 생각하게 하시고
등에 진 무거운 짐 내려놓게 하소서

채찍보다 무서운 가난
가난보다 무서운 교만
찌든 모습 돌아보게 하시고
거울 비친 밝은 웃음 찾게 하소서

겨울산에서

겨울산은 **빽빽**하지 않아서 좋다
무성한 잎새 떨쳐 버린 나무들
가지 사이로 서늘한 바람이 일고
저만치 앞서가는 이의 뒷모습도 보인다
등성이 드러난 오솔길 따라
발걸음 가벼이 산길 오르노라면
홀연 머리 위로 푸른 하늘이 열리고
산봉우리 구름조차 한가로워
방금이라도 아름드리 나무 아래
후두둑 솔방울 소리 울릴 듯
석양빛 겨울산에 이르면
산자락 끝에서 속삭이는 소리
바스락대는 소리마저 크게 들린다
아, 이리도 한가로운 나절
겨울산의 성긴 모습이여

제 2 부

눈 오는 날의 탑골공원

백두산 천지

겨울에 띄우는 편지

재회송

눈나라 소식

댓돌 위에 신발 한 켤레

무궁화

약속

천년학

고려인

역사 앞에서

눈 오는 날의 탑골공원

3월 꽃자리

거기 있었네

혼자 피는 꽃

칠지도

백두산 천지天池

둘레 에운 봉우리들
기다림에 지친 어머니 모습
흩뿌리는 눈비 속에
바람찬 날들 버텨왔는가

불로도 씻지 못할
이끼 낀 바위 잠긴 물길 위로
그대 수척한 꿈은 녹아
안개 밀리듯 먼 하늘가를
떠돌았는가

돌아가는 기러기떼
봄소식 말이 없고
총구 맞댄 기슭
억새풀 흔들리는 이야기만
전하였는가

맨살 드러낸 자작나무숲
밟아 오른 길 옆으론
이름 모를 도라지꽃도
피었네라만

38

차마 출렁이지도 못하는
가슴 한복판으로
흰 구름자락 흔들릴 때면

외딴 마루 전설처럼
돌아앉는 슬픈 눈빛은
청동빛 수면 위로 떠오르는
참비둘기 울음

바람꽃 지듯소리

겨울에 띄우는 편지

강 건너 기러기떼 하늘에 펄럭인다
달빛 푸른 하늘 엽서 한 장 날은다
떼까치 소스라치게 날아간 봄날에
봄날에 떠난 친구야
아지랑이 어우리는 들꽃은 피고
장대비 쏟아지던 먹구름 속에도
언뜻언뜻 네 얼굴 푸른 하늘 보였느니라
자단풍 물든 가을 모닥불 지피던 논배미엔
우리들 혼미한 우정 한 조각 남아 있을까
기우뚱 노젓는 그림자 나래짓 따르고 있다
지금쯤 너는 어느 낯선 마을에서 뜻모를 시늉
거드름을 피고 있대도 좋다
큰소리치던 네 알량한 모습 그대로래도 좋다
우리들의 광장 지순한 사랑을 터뜨리던
목로집 허름한 연가를 다시 부르자
타는 입술 적시며 가난한 목청이래도 돋우어보자
'꽃피는 봄 4월' 고향 꽃노래 다시 불러보자
기러기떼 날아간 하늘은 차고 높다
달빛 어린 하늘가 너를 세우고
내 다시 추위를 느낌은 어인 일인가
친구야, 우리 목놓아 부를 노래를 생각해 보자

눈발 속 뒹구는 허리 꺾일 꿈이라도 꾸어 보자
잊으랴, 못 잊는 겨울도 뜨거운 나의 돌팔매

재회송 再會頌
― 1983년 여름 남북이산가족의 만남을 보고

포성에 얼룩진 산하
떠도는 구름인 양 허허로운 삶

초점 잃은 응시
눈뜬 장님 서른세 해
칠흑의 바램 속에 꽃비는 나리는가

끊어진 연줄처럼 떠나간 인연
물살 찧는 냇가에 조약돌이 뒤챈다

못 믿을 이별, 못 믿을 기별
자애로운 비, 빈 들을 적시고
아련한 언덕 그리운 손짓
억새풀 설레는 가슴
눈부신 아픔이여

목로의 길손처럼 멀고 먼 만남
피붙이의 약속은 이리도 모질던가

잃었던 핏줄 맞대어 보자
주름 팬 얼굴 쓸어나 보자

얼어붙은 영혼의 녹슨 울림은
붙안는 숨결에 마른 잎을 날리고
광풍바다가 보이누나
가슴팍 피멍울이 터지누나

흐린 눈 닦고 다시 보는 네 모습
이마에 상채기
발등엔 덴 자국
어김없는 한줌 내 혈육이여

질곡桎梏과 인고忍苦의 쓴 잔은
몇 겹으로 남았는가
한을 칠한 벽보를 넌출채 드리우고
서성이며 기두리는 하늘 끝 바램
떨치지 못할 연緣의 길
노을 비친 그림자여

오늘도 만났구나
이었구나
천길 벼랑 외다리를 놓았구나

멸군 고개 치키며 다시 깨는 새날에
지팡이 없이 부지한 목숨
동아줄 동여 서자꾸나
한치 땅 한뼘 세월도 가멸한 기쁨 되게

무엇으로 위로를
무엇으로 갚음을

눈나라 소식

눈 오는 나라 사람들은
눈 내리는 창가 기대어
사륵 사륵 쏟아지는 눈발
마을의 길을 묻고
아득한 종소리 함께
성긴 눈발 떠도는 밤을
잠들지 못한다
가슴앓이 도지는 병
강 건너 바라보며
눈 덮인 골짜기 돌아가는
들짐승들의 신음소릴 엿듣는다
먼 산빛 어지러운 눈보라
창밖을 내다보며
눈 오는 나라 사람들은
새하얀 꽃등 달려오는
새벽빛 잠겨 바람 부는
창가를 떠나지 못한다

댓돌 위에 신발 한 켤레

어디로 가는 길이냐
터진 밑창 너덜이는 가죽끈
댓돌 위에 숨찬 신발이 하나

꽃물 지듯 서러운 세월
일월강산을 돌았더냐
하늘 높은 바람
굽이마다 문턱을 넘었더냐

짝 잃은 외기러기
젖은 숯덩인 날지를 못해
넓은 하늘 비껴두고
험한 길만 돌았구나

백두 영봉에 오르리야
금강에도 닿으리야

새 꽃물 이는 바람은
댓돌 위에 머무는가

방문 앞 어른대는 하얀 그림자
삐그덕 소리, 지게문도 하마 열릴 듯
서늘한 눈매 헌헌장부 나서려나
새 신발 품에 안고 방문 열어 젖히려나

파아란 밑창, 고운 신발 놓여질 자리
댓돌 위에 힘찬 미쁨
신발 한 켤레

무궁화

가파른 언덕길
오르내리며
한산섬 달밤에도
떨기로 피었더니라

두억시니 목숨보다
질긴 생명의 탯줄
뿌리내린 무궁화

보랏빛 숨결 흩어
무리져 내린대도
낙화의 슬픈 노래는
부르지 말자

보라, 꽃진 자리 여민 입설
단정한 모습에서
푸른 하늘 얼비친
올곧음을 보는구나

48

비바람 몰아쳐도
다시 맺는 꽃망울

긴 행렬 봉오리 지어
이 강산에 피고지고

바람꽃 지듬소리

약속
— 남남북녀에게

먼 강물의 뒤안길에서
어눌한 걸음걸이로
낯선 회랑回廊을 돌아왔나 봅니다

나비처럼 수줍던
새끼손의 언약도
백두의 눈꽃으로 하얗게 얼어붙고
한라의 눈물바람 되어 하늘을
떠도는 밤중입니다

떼구름 몰려오는 서쪽 하늘
천둥번개 나려치는 스스로움에
임진나루 건너던 철새떼마저
목마친 울음을 뽑습니다

땅끝 적시는 장대비
기나긴 어둠이 뚫리는 날
강바닥 새겨놓은 약속의 시간은
정녕 오는 것입니까

50

기다림에 지친 그대들
파아랗게 묻어오는 그리움이야
멀고 먼 회랑을 돌아
어화둥둥 만날 날 있으리이다

즈믄 밤 외로운 골짜기
각시처럼 울고 있는 남남북녀여

천년학 千年鶴

긴 나래 접어 잠든 모습
머리 위엔 아직도
붉은 관冠이 부시구나
벼랑끝 지킨 둥지 피 흘린 사랑
장송長松의 그늘에
새벽 바람이 분다
새여, 그믐밤에도
깃을 치는 큰 새여
몸을 솟구쳐 하늘을 날아다오
저 북빙양을 돌아
연어떼를 몰고 오는
한밤의 물결소리
마주치는 서풍에도
길을 열어다오
동해 높은 파도
비상하는 천년학이여

고려인

죽지 부러진 채 산을 넘었다
떨어져 나간 지느러미로
세찬 바람 강을 거슬러
아득한 동토凍土에 나래를 접었다
아리랑아리랑 아라리요
달빛 타고 들려오는 노랫소리
두고 온 산하 그리메가 어린다
푸른 하늘 박꽃마당
그리운 아사달땅 돌아갈 수 있을까
장롱 속 다홍치마 둘러입고
어둑한 방안 불을 밝힌다
어화둥 금수강산 달리는 길
즈믄 날 하늘에서나 열리려나
꽃잎 위에 뿌리는 눈물
고려인, 그 목메인 이름이여

역사 앞에서
— 다시 찾은 경복궁 앞뜰에서

비바람 녹슨
광화문이 열리고
목멱을 돌아 한강을 돌아
그 모든 가리운 것들
헐어낸 자리
오늘 아침은 역사의 문턱에 다가선다

잠시—
두 나래 펼쳐 날아오르는
까치의 비상하는 모습을 보며
가슴 울렁이는 시간
꽃을 만난다, 잎을 만난다
훼절한 바람소리도 듣는다

밤 사이 흐려진 눈을 씻고
다시 보는 근정전의
우람한 모습
저만큼 솟아나는
인왕산의 봄빛
타오르는 혼불을 바라본다

54

서늘한 아침 공기
깊은 숨을 들이쉬며
한 그루 키 큰 나무 앞에
다다른다

역사의 높이 그 키만큼
뻗어나간 가지 위에
날아오른 한 마리
새여

바람꽃 지듬소리

눈 오는 날의 탑골공원

닳아진 탑 모서리 눈이 내리고
어지러이 떨어지는 눈발 속
갓 쓴 노인이 일어선다

전각 아래 모여 앉은 비둘기떼
웅성이는 만세소리
만세소리가 무지개로 일어선다

담장 안 돌아치는 눈발은
한겨울 얼어붙은 나무
잠든 뜰을 일깨우며
돌기둥 아로새긴 숨결
흰 옷자락을 펄럭인다

일본은 배상하라, 사죄하라
무릎 꿇고 사죄하라
팔각정 솟아나는 푸른 목소리
삼일문 밖 지나가는
수상한 그림자를 뒤쫓는다

잿빛 하늘 쏟아지는 빛살,
먼지 낀 화원에 눈이 내리고
갓 쓴 노인이 수염발을 날리며
어둔 거리를 향해
날선 목청을 세운다

바람꽃 지듬소리

3월 꽃자리

3월 하늘에 꽃잎 날린다
찬바람 몰아친 자리
아득한 만세소리 울려온다

총칼 앞에 태극기
물결치는 소리
넋은 흘렀어라

강물 흐르는 혼
독립꽃씨 되고
해맑은 꽃잎
꽃 한송이 피었어라

하늘꽃잎
꽃바람에 실으리니
젖은 슬픔
소중한 웃음도 띄울지라

둘레빛살로 무릎 맞대자
남북 강산 걸림돌 빼내고
부는 바람 다스리며

천둥 번개 어둠도 헤쳐
푸른 하늘 고운 꿈 가꾸리라

선혈꽃 피워내리라
3월의 숨결
꽃바람 아람치 꽃자리에

바람꽃 지둠소리

거기 있었네

바다가 열리자 섬이 있었네
국토의 막내 방울 튄 자리
저 멀리 성인봉 바라보며
동도東島와 서도西島
오뉘처럼 손잡고 마주 서
길을 열고 있었네

꾸불텅꾸불텅 달려오는
검푸른 물결 막아내고
사시장철 변함없는 바위얼굴
괭이갈매기 보금자리 내어주고
알을 품는 슴새며 바다제비
민들레 강아지풀도 길러내었네

그 누가 외롭다 하리
하늘을 이고 홀로 앉은
수심 깊은 바다에서도
이마 드리운 찬란한 광채
힘찬 나래 펼치고 있었네

60

아침 해 떠오르는 동해 바다
하얀 물보라에 얼굴을 씻고
한반도 바깥마당 지켜온
그윽한 자취,
어서 와요, 와서 보아요
아무도 없는 아득한 바다

잠들지 못하는 샛별처럼
밤하늘 반짝이며 천군만마
성을 쌓은 굳센 모습
아름다운 평화의 섬
너 독도여, 푸른 넋이여

61

혼자 피는 꽃
— 주한 일본대사관 앞 소녀상을 보며

아무도 없는 그늘에서
봄내 여름내 눈 뜨지 못해
혼자서 애쓰던 꽃망울
추운 겨울 종로거리 나앉아
아름다이 꽃을 피웠네
털실 뜨개질한 목도리 두르고
다소곳 의자 앉은
두 볼이 상기된 소녀가
여태 아무도 보지 못한
꽃을 안고 있었네
지나가는 인파 속에
손을 놓친 어머니의 꽃

칠지도 七支刀

고대 백제왕이 왜왕에게 내려준 한 자루의 칼
일본땅 나라현 텐리시 석상신궁石上神宮에는
일곱 개의 날이 달린 백제왕의 칼이 있다네

이름하여 '칠지도' 라 금으로 상감하여 글자 새기고
식민지 후왕侯王에게 전해 준 다스림의 신표
강철로 담금질한 1천6백여 년 겨레숨결 살아있구나

어두운 역사의 뒤안길에 녹슬었으나
하늘 향해 곧추세운 칼날 칼끝엔
아직도 이끼 푸른 기운 서려 있으니

헤아려 아득한 바다와 육지 사이
낯선 땅 아우르던 백제인 기상 충천하고
위대함을 깨우쳐 준 칠지도 신묘한 칼이여

바람꽃 지는소리

제3부

다리놓기

한 줄의 시
섬진강
다리 놓기
노송에게
땅끝마을
제주기행
파도소리
어라연
등성이에 서면
고향지기
6월의 귀거래사
겨울 새재
우주로 가는 태극기
오타와로 가는 길
눈이 온 날에

한 줄의 시詩

한 줄의 시로 하여 물들지 않고
욕되지 않으려니
한 줄의 시로 하여 서둘지 않고
외롭지도 않으리니
한 줄의 시로 하여 귀가 열리고
잠결에도 깨어나는 바람이 되리라
한 줄의 시로 하여 빛나지도 않고
한 줄의 시로 하여 서럽지도 않으리라

오직, 타들어가는 가뭄과
둥근 텃밭에서 가꾸는 열매
땅 속 뿌리를 돌아 그늘에서 그늘로
사라지는 것이 아니라
흩어지는 것이 아니라, 가시 찔린 피,
핏빛 아롱진 향불 되어
가지마다 서리는 입김,
샛별 잣아올린 샘물이여

66

섬진강

산이 좋아 모롱이 돌고
사람 그리워 마을을 돈다

머리 맞댄 마이산 꼭대기
따스한 바람 불어오면
실개천 모여 오백리길 간다

언덕바지 피어난 산당화
해맑은 복사꽃에 눈빛을 씻고
바위틈 잠든 고기떼도 깨운다

여릿여릿 다가오는 연둣빛 숨결
어느 뇌성치는 날이어든
강바닥 박힌 돌 굴리며
부서진 자갈 바다로 나르려나

아직도 손 시린 봄풀 같은 강물아

다리 놓기

아스란 곳으로 다리 놓아
당신께 가렵니다

황홀한 기억으로 무지개보다
고운 난간을 꾸미렵니다

두견이 우는 봄밤이 짧아도
횃불 받쳐 망치질하고

수만 번의 못질도 티없이
해낼 것입니다

얼마나 기두렸던 손짓이기
이 일을 마다하겠습니까

나의 피곤이 더해
지쳐 쓰러져도

은하수 건너 오작교 잇는
꿈을 꾸겠습니다

비단으로 바닥을 깔며
즈믄 하늘에 구슬땀 맺혀도

아름다운 노을 앞에
희고 반짝이는 기둥을 깎겠습니다

나에게 내린 다리놓기
그것은 뗄 수 없는 형벌입니다

노송老松에게

하늘로만 치솟는 것이
자랑이 아니다
용틀임하듯 몸을 추스려
등짝에는 바람이라도 지고
땅을 내려다보아야 한다
외다리 딛고 선 학의 무리
깃을 쳐 자리할 어엿한
보금자리라도 내주어야 한다
불거진 매디
기름 고인 살점을 돌아
끈끈한 아픔조차 새겨야 한다
시냇가 바람을 불러
터진 등피를 쓰다듬으며
진한 송진 내음이라도 풍겨야 한다
솔방울 하나 울림으로도
이승의 이야기를 풀어
긴 강물 여울 속 띄워야 한다

70

땅끝마을

한 마리 산새가 날으려다
절벽 위에 내려앉는다
물끄러미 해 뜨는 곳 바라보며
바다와 육지 사이 날을 수 없는
거리를 가늠해 본다
어둠이 채 가시지 않은 바닷가
밤새 차를 타고 달려온 사람들
차가운 안개 속에 밀려오는
파도소리를 엿듣는다
한줌 흙과 풀포기를 위해
꼭두새벽 떠오르는 태양
벼랑 끝 새겨놓은 '土末토말'의
비문 위에 얼굴 비추면
어느새 날아드는 갈매기 소리
아득한 바닷길이 열리고
여기는 끝이 아닌 시작이라
나무 위에 졸고 있는 새들을
바다로 날려 보낸다

제주기행 濟州紀行

먼 바다 지척인 양
육지부 사람 날개 달고 오는 곳
돌무더기 터밭 모아 오순도순 살고파도
감귤밭 일구는 쇠푼소리에
키 작은 조랑말조차 쉴 수 없구나

멀리 한라꼭두 감기는 바람
산 허리춤 잠자는 푸나무 일으키고
전설 같은 동굴 분화구마다 숨쉬며
삼성혈三姓穴 정수리에 서기瑞氣로 어려드니
도적 없고 대문 없는 섬 인심 길렀구나

뿐이랴, 성산의 일출을 보는가
천지연 폭포의 굉음을 듣는가
모슬포의 저녁놀이 한 폭 그림 같다
낙조落照의 아쉬움 두고 서귀포로 돌아갈 제
바닷바람 중문단지는 훤히 열리는구나

초록, 검정, 청남빛으로 시시각각
눈을 현란케 하는 바다
물길 따라 비바리 휘파람소리 날리고

먼 한라 산록에서
망아지 울음소리 들려온다

이 조용한 섬나라 유순한 마을에
육지부 바람이 불어야 할까
산과 들 자연의 돌을 깎아야 할까
땅끝 피어난 제주도의 인심人心
제주도의 풍광風光

바람꽃 지는소리

파도소리

― 안면도安眠島에서

깊은 밤 기슭으로
밀려오는 파도소리
먼 바다 범고래 숨소리와
요동치는 작은 물고기떼
지느러미 부딪는 소리까지
물이랑 타고 달려와
모래톱에 눕는구나
바람소리 고요한 섬 속으로
잠을 청해 떠나온 사람들
거친 물살 떠밀려 잠 설치며
태초에 땅덩이 돌아가는 소리
바다가 흔들리며 뭍을 향해
달려드는 저 어기찬 숨결
휘몰아치는 창밖을 보며
달빛보다 무거운
파도소리를 듣는구나

어라연

어라 어라 여울목도 넘어서 가자
산굽일 돌아 돌아 쉬어서 가자
전설 같은 바위섬 물 가운데 앉아 있고
절벽 위 소나무엔 학이라도 춤을 출 듯
강심 내린 산 그림자 눈 아프게 푸르구나
사공이여 어느 날에 뗏목 지어 띄우려나
여흘 여흘 물소리 반딧불이 따라가면
머나 먼 바닷길 큰 가람도 만나리니
이끼 낀 바위 올라 묵상이라도 하고 가자
어라 어라 어라연 영겁 내리는 물길
배를 맨 기슭에다 마음 두고 떠나리라

75

등성이에 서면

해넘이 등성이에 서면
가슴 저미듯
눈물 솟치는 마을이 있다

하얀 박꽃을 인
초집 한 채 보이지 않고
낯선 지붕 아래
고샅길이 잠기는데

당산나무 그늘
울던 새도 떠났는가

찾아도 보이지 않는 새
돌개바람 허공에
길을 잃고 헤매는가

꽃씨 하나 물고서
동구밖을 맴도는가

떠도는 나래짓은
놀빛에 묻어나고

흐릿한 안개 어둠
덤불 사이로
까닭 없이
눈물 솟치는 마을이 있다

해넘이
등성이에 서면

고향지기

잊혀진 고향
지신 밟는 그림자

돌부리 채여
춤사위도 잊었는가

허릿발 펴며
검탄 손으론
시린 하늘을 가리운다

짧은 해 경운기 실려
몸 흔드는 그대

찬바람 들녘에
휴지조각 날리고
실개천 가득
부스럼이 쌓여도

그저 입덧처럼 외는 말
조상대대 물려온
고향 뜰을 지키리라

삽끝 다독이는
밭고랑에
보리싹 돋아나면

서울 간 갑이 녀석
흙바람 타고 돌아올까

고목처럼 설핏한 웃음
지어보는 그대

긴 강물 흐르는 자리
별빛으로 뜨는구나

바람꽃 지둥소의

6월의 귀거래사歸去來辭

서산마루 여릿한 햇살,
IMF 한파에 으슬으슬 패어난
보리 이삭도 놀빛에 젖는다
지난날 들풀처럼 흔들리며
헐벗고 굶주리던 때
두 팔 걷어 공직자의 외길
숨차게 달려왔느니
머리 위로 스치는 바람
바람 찬 계절 땀 절인 시간
그 얼마였던가
이슥토록 농투사니 일군 터전
때 아닌 돌개바람 웬말인가
잠 설치며 쌓은 공력 한낱
물거품으로 허물만이 남는구나
보라, 저 언덕 아래 밭갈이할
해묵은 땅 잡초가 널렸으니
뒤에 오는 이여,
드넓은 밭고랑은 그대들의 것
거친 들녘 씨 뿌리며
기름진 땅 가꾸어주오
타오르는 불꽃으로

금수강산 이룩하는 날 그대들
미쁜 이름도 청사에 새기리니
뜨거운 가슴 신들메를 고쳐 매고
천릿길도 달려주오
이제, 스러지는 석양빛에
굴레처럼 따라온 갓모를 벗고
무거운 어깨짐도 부리리니
말없이 흐르는 물길 푸른 강
청보리 익는 고향 찾아 떠나리라
시름을 떨치고 사립문도 반가운
고향마을 돌아가리라
1998년 유월의 바람이여
햇살이여

바람꽃 지등소의

겨울 새재

멀리 백두대간 뻗치다
잠시 쉬어든 고개
주흘산, 조령 사이길 열어
사잇재라 하였던가

돌아드는 골짜기마다
이끼 낀 성곽이며 소슬한
관문이 앞을 막는다

까마득한 하늘 위론
봉우리마다 층층 눈이 쌓여
병풍처럼 둘렀으니
옛 선비 과거길 넘나들며
산천구경이나 하였으리

후두둑 나뭇가지 떨어지는
눈발소리에 가는 길을 멈추니
저 임란의 모진 불길
교구정터에 뒹구는 주춧돌

82

길섶으로 비켜선
아름드리 소나무엔 아직도
아물지 못한 상처
일제 때 송진 벗겨 찢기운
선연한 칼자국이 남아 있구나

개울가 박우물을 마시며
시름을 달랠 제 저만치
초가지붕 위로 솟아나는
'옛주막' 의 저녁 연기

오동나무에 달이 뜨면
박새라도 날아올 듯
잠신들 쉬어가야 하리
겨울에 넘는 문경새재

*교구정交龜亭 : 새재 관문에 있는 관아官衙로 경상감사 교대시에
 이곳에서 교인交印을 행하였다 함

우주로 가는 태극기

바이코누르 우주기지에
펄럭이는 태극기
벚꽃이 만발한 사월의 봄밤
시베리아 사막의 바람을 가르며
달나라로 떠나는 우주선에는
태극마크도 선명한 한국 최초의
우주인이 타고 있었다

'텐' '나인' …… '원' '제로'
카운트다운과 함께 불꽃을 날리며
날아오른 장엄한 로켓에
온 국민의 눈과 귀가 모아졌다

오천년 역사의 어둠을 털고
하늘 날으는 저 태극기를 보아라
이튿날도, 다음날도 TV 앞에선
한치 오차도 없이 정거장에 도착한
우주인의 당당한 모습에 아이들의
초롱한 눈빛이 빛나고 있었다

84

우리도 별나라로 간다
십년 뒤 이십년 뒤에는
우리 손으로 만든 우주선을 타고
고흥반도 나로우주기지 발사대를 떠나
하늘을 나는 꿈을 꾸고 있었다

나라와 나라 사이
국경도 없고 휴전선도 없는
아름다운 지구촌을 바라보며
우리의 넋은 무엇을 꿈꾸는지
찬란한 별무리 속 반짝이는 태극의 혼이
우리들 머리 위로 날고 있다

85

오타와로 가는 길

캐나다의 아름다운 도시 토론토
401번 하이웨이 따라
푸르게 가꾼 벌판이 열리고

온타리오와 퀘벡이 만나는 곳에
새빨간 단풍 깃발 날리는
오타와가 있었네

끝없는 초원 펼친 나무들
고요한 호수 위로 눈부신 하늘
저것은 정녕 한국의 푸른
하늘과도 같지 않으냐

넓으나 넓은 땅 캐나다
비둘기처럼 모여 사는
흰옷 입은 동포들
억센 두 다리 팔 걷어붙이고
알뜰한 새 보금자릴 꾸미는구나

태극 깃발 휘날리는 삶의 터전
아시아의 한 모서리를 옮기는구나

멀리 비에 젖은 대서양 바라보며
온타리오와 퀘벡이 만나
새로운 수도 오타와를 가꾸었듯이

바람꽃 지듯으의

눈이 온 날에

내 생의 후렴後斂에는
꼬불꼬불 돌아온 길을 말하지 말자

내 생의 후렴에는
오르다 못 오른 봉우리를 말하지 말자

길을 묻고 봉우리마저 지운 새하얀 눈밭을
구르는 저 아이들의 환호가 아니라도

눈이 녹으면 대지는 다시 살아나고

밝게 드러난 길과 트인 봉우릴 향해
달리는 발길 또한 무성하리니

세상을 온통 하얗게 바꾼 뜰앞에서
또 다른 세상을 보느니

제4부

달빛씻기

빈집
닭
달빛씻기
꽃잎 하나에
사람들
마중물
삼척 앞바다
손을 위한 기도
바다 있기에
사랑니
창밖엔 샛별
바다가 그리워짐은
동반자
종소리
나뭇잎은 강물에 떠서

빈 집

쓰르라미 소리 그친
휑한 마당가
이름 모를 꽃들이 피었다

쏟아지는 빗줄기에도
처마 밑 왕거미 줄을 늘이고
흐린 태양 아래 억센 풀잎만이
고개를 든다

뒤꼍 쓸린 나뭇잎은 뜰을 메우고
끝내 만나리라던 따스한 손길
화안한 그림자는 보이지 않는다

바람소리 자욱한 하늘 꼭대기
눈물나게 달려가는 별 하나가
아무도 살지 않는 빈 집이라면

90

닭

약한 두 다리 땅을 버티고
금빛 나래를 털며
잠든 바람도 일으켜 세우는
홰치는 닭

내민 가슴, 불타는 벼슬을 젖혀
태산준령을 넘는 목이 긴 울음
한낮을 알리는 나팔수
무지개 뻗쳐 비상하는 꿈

불꽃처럼 뜨겁고 강철같이 질긴
생명을 꿈틀이는 멧부리 바람인데
범치 못할 기상으로
고요한 마을을 지키는 너, 홰치는 닭,
불덩이 가슴
그 가슴 속엔 순백한 사랑도 품었는가

바람꽃 지듭소리

달빛씻기

달빛이 푸릅니다
푸름 넘치는 달빛
눈 시린 달빛
씻어주어라

달빛이 어립니다
글썽이는 달빛
슬픈 자락을 걷어주어라

달빛이 흐립니다
구름도 흐립니다
말간 얼굴 보이게
낯선 그림자
지워주어라

별이 지던 밤은
달빛도 흐리더니
별이 밝은 밤은
달빛 함께 빛납니다

92

비 개인 오늘밤
달빛 다시 살아날까
그윽한 물빛
다시 돌아올까

먼 하늘 기러기떼 날아간다
시린 빛 가늠하며
눈 맑히는 강물 위를

꽃잎 하나에

구름밭을 떠나
꽃잎 하나에
나리는 비

빗방울
몸을 날리는 아찔한
용기를 알으십니까

까마득한 하늘
몸 추스려
사뿐 휘어져 내리는
슬기를 알으십니까

아스란 꽃
꽃판을 퉁겨 날며
몸 부수는 빗물의
사랑을 알으십니까

꽃잎 하나에
오직 하나인 목숨방울을
송두리째 던지는

그 애틋한 가슴을 알으십니까

무궁조화無窮造化
눈 감아도 헤아리는 님이시여
각설却說한 사랑
그 꽃잎 하나를 알으십니까

95

사람들

1

끝없이 달려간다
주머니 구슬 던져둔 채
돌쩌귀 부딪히며 가시에도 찔리며
엉겅퀴 손길 뻗쳐 올려도
허기진 배를 채우지 못한다

낭랑가지 탐스런 열매
향기로운 이름까지도
남김없이 가지리라, 만나보리라
꺼지지 않는 불길은
땅위의 고요한 강물을 갈라놓고
비둘기 하늘 날빛조차 흐리게 한다

오늘도 가파로운 길 위에서
아득한 곳에 눈빛을 보내는 사람들은
자벌레처럼 고단한 몸을 끌고
벼랑을 향해 달릴 뿐이다

2

저미는 슬픔인들 어쩌리오
웬수의 담벼락도 허물이고
은혜 나린 산당화 고운 빛깔
한낮 종소리에 떠밀려간다

비온 날의 아수라장
피 흘린 생이별도 물무늬로 지우고
죄암죄암 도리질 볼우물짓던 어린 날들
시름시름 잊으며 산다

더러는 뙤약볕에 타는 그리움
아픈 등을 세운 채 가슴 치지만
세상일 돌아가는 바퀴에 실려
덜컹덜컹 개여울도 건너며 산다

마중물

어둠 속 수렁이라도
마중 가겠습니다
두 눈 감고 벼랑을 뛰어
넋을 잃는 순간에도
함께하는 기쁨을 맞겠습니다
한 쪽박 그릇에 담겨
허공에 받들어질 때
세상은 온통 눈물의 축제
불꽃마당임을 보았습니다
땅 속 갇힌 물줄기
시원히 솟아나는 흥겨움에
춤을 추는 사람들, 미소짓는
꽃그늘에 눈을 뜨겠습니다
지상의 생령들이여, 다시 만날
부활을 겨냥하소서

98

삼척 앞바다

대관령 높은 고개
파도를 안고 달려온 여인
그의 이름은 늘 푸른 바다
잠들지 못하는 '동해' 라 했다

짙푸른 물결 하얀
갈기를 세운 물멀기,
바위를 부수고 달아나는
개구쟁이 소년이라 했다

솟는 해를 따라
죽서루 오른 선비들
고요한 아침을 흔드는
치자빛 기침소리라 했다

휘영청 바다 위로
달 뜨는 저녁이면 썰물진
서해바다 개펄이 그리워
바람소리 뒤채이는 그리움이라 했다

바람꽃 지등소리

손을 위한 기도

비둘기손, 아름다운 빛살
섬섬옥수를 보살펴 주소서

어느 바람 부는 날,
사과 한 알 떨어져
금이 간 뼈를 아물게 하시고
수고로운 팔에도
살풋한 힘이 고이게 하소서

주먹 쥠도 팽팽히
새벽을 열게 하시고
상아빛 다섯 손가락이
가지런히 놓이게 하소서

땅위의 아름다운 것을 잡고
천 마리의 종이학을 접으며
가느단 바늘귀도 단숨에 꿰어보게 하소서

먼 창을 바라 턱을 고인 두 손이
꿈결인 듯 빛나게 하시고
부신 달빛 아래 목풍금도 쓸어보며

모차르트, 베토벤의 교향곡도 울릴 수 있게 하소서

찬바람 불어올 제
할 일 많은 오른손을 감싸주시며
부드러운 손결엔 생기가 넘쳐
수줍은 악수에도 사랑 받게 하소서

똑 똑
두 손 번갈아 마디를 꺾어도 새 힘이 솟고
깍지 낀 채 마음대로 비틀어도
시원한 느낌만을 낳게 하시며

늘 보아도 아름다운 빛으로 능란한 솜씨로
고운 머릿결 빗질하는 모습
거울 속에 비치게 하소서

비둘기손, 여쁜 숨결은 살아
반짝이는 보석이게 해 주소서

바다 있기에

바다는 늘 내 곁에 머문다
모래알 적시던 잔물결에서
달빛 삼킨 한밤의 너울까지

쉼 없이 들려오는 바람소리
파도소리에 나의 일상은
잠결에서도 부스럭거린다

갈매기떼 몰리는 청어빛 바다
반짝이는 푸르름에 내 가슴은
언제나 그리움으로 출렁인다

언덕 위에 나부끼는 깃발
귓전 울리는 아득함 속에서도
안개 낀 뱃길 가늠하고 있다

거칠은 물결 씻기운 얼굴
천변만화 지느러밀 감추고도
수정같이 고요한 바다 있기에

102

사랑니

한 번쯤 겪어야 하는 열병일까

스물에도 쉰에도 때 없이 찾아와

들썩들썩 맨살 뚫고 돋아나는 녀석

꼼짝없이 진통제 하나로 참아내는 속앓이

추운 겨울 바람 부는 날에도 단단한 어금니

곁에 고운 손짓 하나 묻어두고 산다

애틋한 빛깔 아려운 속살 오늘도

쑤석이는 치통 앞에 사랑니가 솟을까

바람꽃 저들오의

창밖엔 샛별

사금파리 상채기
아물어간다

바람개비 강 모롱이
돌멩이 하나
묻어두고

가뭇없는 웃음도
웃다가 말다가
눈 덮인 골짝에
머무는 풀꽃

뻐꾸기소리도
들리지 않고
잠 깨인 누에
뽕잎 갉는 소리

눈감으면 천릿길
단걸음인데
한낮 해그림자
다람쥐 쳇바퀴

조심히 물긷는 시간이다
두레박줄 풀면서
바가지 하나 띄우면서

사금파리 상채기
살아오는가
창밖엔
샛별
우련한 불빛 머물거리고
눈 시린 보랏빛 약속은
살아 있어라

바다가 그리워짐은

아득한 수평선 빈
바다가 그리워짐은 내
어릴 적 갈매기 날기 때문

넘실이는 파도 푸른
바다가 그리워짐은 저
멀리 지워지지 않는 갈매빛
섬 하나 떠 있기 때문

낯선 뱃고동 안개 낀
바다가 그리워짐은 비
바람 함묵하는 천길
말씀이 흐르기 때문

동반자

아득한 별빛 향해
달려가는 길
칠흑 어둠 속에서도
그림자로 스며 있었네
모퉁이마다
가파른 고갯길
타오르는 불길 속에서도
가멸한 웃음 띄우는
조용한 눈빛
여울에 이르러서야
돌아보게 된다네
있는 듯 없는 듯
등 뒤로 흐르는 당신의 숨결
어깨 닿는 손
익숙한 무게에
잠이 들어도 좋으리

107

종鐘소리

너울너울 꿈꾸듯 이랑을 타고
고개 너머 마을로 달려가는 메아리
부딪히며 쓰러지며 피 흘린 자리
바람소리 묻혀 길 잃은 게냐
천만 번 두드린 가슴 금이 간 게냐

푸른 하늘 솟아나는 드맑은 소리
아직도 귀에 어려 은은히도 남아라
어스레한 창틀 속삭이듯 다가와
잠든 새벽 일으키는 애틋한 사랑
어제도 잊고 오늘도 잊었으니

이제라 울어라, 소리 높여 울어라
까마득히 인정人定을 울리며 바라를 치며
빗금진 하늘 비둘기떼 날려라
팔랑팔랑 꽃잎 날으듯 하늘을 날아
닫힌 가슴 무지개로 뻗쳐오르라

아득히 살아온 날들과 잊혀진 고향
젖내음 같은 어머니의 자장가소리
긴 강물 따라 청청히도 빛나는

오롯한 숨결, 푸른 목소리—
새날인 듯 울어라, 그윽한 종소리여

나뭇잎은 강물에 떠서

내가
강물에 뉘인 것을
알았을 땐
캄캄한 밤이었다

기슭을 돌며
기우뚱
별빛이 이울 때야
내 몸이 나뭇잎 하나임을
알았다

숲속 바람은
물결에 잦고
비척이던 꿈속에서
새벽잠이 깨었다

절벽에도 핀
꽃이며 단풍
햇볕 따가운 한낮에야
바깥세상을 보았다

물새 흐륵이는 바다
놀빛 파도에도 닿으면
물기 젖은 작은 몸
넋이라도 뒤척일까
일어세울까

나뭇잎 하나
강물에 떠서
곤곤한 흐름 속을
실리어 간다

바람꽃 지는소리

제 **5** 부

해금을 들으며

어머니
잃어버린 얼굴
벙어리 새
친구여
잣대
소리
태종대
대동여지도
난중일기
황진이
아사녀
청해진 앞바다에서
고인돌을 바라보며
해금을 들으며
해남이에서

어머니

외딴 곳에
현란한 불빛 아니어도
당신의 인자로움은
그윽한 모습으로
어둑한 방안을
불 밝히고 있사오이다

귓결에 자장가
이슥한 밤
다듬이소리

타들어가는 심지에
마르지 않는 기름으로
서늘한 등잔불 자락을
깁고 계시오이다

바람결 풍지소리에
백옥같이 흰 모습으로
방문을 열어 밖을 살피시는
어머니

당신의 멍울진 가슴으로
먼 눈물을 띄워
나의 얼굴을 적시나이다

바람꽃 지두소의

잃어버린 얼굴

꽃잎 흔드는 바람
흔들리는 꽃이파리, 시나브로
바라보는 바람의 얼굴
풋한 숨결 떨어져 뿌리 닿는
꽃대궁 야위어간다

날빛도 그늘도 앗아가는
허수아비 바람
바람결 길든 눈에는
꽃이 아니면 보이지 않는다
길이 아니면 가지 말라신
임의 얼굴이 보이지 않는다

벙어리 새

푸른 숲 바장이며
구름깃을 올려본다

젖은 나래 끝엔
가지 걸린 울음소리

동그만 두 눈에도
꽃그림자 어려든다

오뉴월 긴긴 날엔
벼랑 밖을 날을 듯이

나뭇가지 건너뛰며
풋열매만 쪼는 시늉

먼 산 쑥국새 소리
들리는 듯, 들리는 듯

바람꽃 지는소리

친구여

오늘도 바람이 분다
잎새가 흔들리고 물결이 일어선다
친구여, 너로 하여 먼 산
그리메가 다가오고 뜨거운
태양 아래 풀잎이 살아난다
오직 넉넉함을 위하여
언덕길 달리던 휘파람소리
아득히 귓전에 맴도는데
친구여 네가 있는 그 자리는
아직도 봄을 다투는 목련꽃
햇볕 따스한 양지녘이란다
어지럽던 춤사위 사라지고
휘영청 밝은 달이
소나무에 걸리는구나
골마다 내리는 실바람소리
낙타등 어진 봉우리가
맑은 물 되어 흐르나니
친구여, 큰 저자 갈림길에
은행잎 하나 주워들고
꿈결인 듯 좋아하던 낯설게도
반가운 옛적으로 돌아가자

등걸에 잠든 바람소리
쇠북소리 들려오는데

바람꽃 지등소리

잣대[尺]

세상 일 기울어도
품고 있는 잣대 하나

한치 앞 못 보아도
허술한 눈금 그어놓은
잣대 하나 가진다

아침 저녁 달라지는 세상
인심의 높낮이에
내가 가진 잣대는 언제나
흔들리며 춤추기 마련이다

눈앞 가리운 티끌
피워올리는 내음조차
인줄처럼 앞을 막는다

전지전능한 손이 아니라도
티끌을 걷어내고
앉은 자리 마름질하는
빳빳한 양심의 잣대 하나
겨누고 싶다

소리

어둠 속 달려온
밤바람소리
솔바람소리

아득한 꿈속인 양
휘파람소리

세월이 가도
물 흐르는 소리
속절없는 소리

강남 제비 돌아와
처마끝 지절이는 소리

121

바람꽃 지등소의

태종대

님의 발길 닿았는가
천년 씻긴 바위 숨결
벼랑 위에 날은다

자갈밭에 선술집
앉은뱅이 평상 위에
팔도 사람 모여든다

해삼 멍게 싱싱한 맛
왁자한 웃음 속에도
부관釜關연락선 고동소리 들려온다

초고추장 상치쌈에 회접시를 비우고
무던한 입맛을 털고
일어서는 남정네들

초립망건 고쳐 써야 하리
등대 앞에 철쭉꽃도 가꿔야 하리
솔잎 바람 한줌 집어
이마에 소금기도 지워야 하리

님의 눈길 닿았는가
먼 수평선
멍게 해삼 빛깔 살아나듯
청잣빛 푸른 숨결 살아오는가

태종대 자갈마당
금빛 노을이 탄다

대동여지도 大東輿地圖

구름 머무는 땅끝 보리라
산길을 토파
에돌고 굽이진 강산
푸른 숨결 드러내리라

터진 발등 골짜기마다
실낱같은 길이며 강줄기
옛 성터 묻힌 저자
가멸한 이름 찾아내고

바닷가 작은 섬도 놓칠세라
애오라지 붓끝 피워낸 사랑
깨알 같은 대한지도여

여보게들, 뉘 있어
이 길 다시 밟으리

동저고리 내려치는 눈보라
도적떼 몰린 고비에도 꺾이지 않고
품에 든 그림 한닢 남겨지이다
하늘 우러러 애태우던 임

귀밑머리 희도록이사
큰 지도 한장 남겼구나

구슬 꿰듯 영롱한 자취
청사에 기린대도
칼끝 아로새긴 목숨방울
판각본板刻本이 재가 될 줄이야
날으는 연기 속 부모처자 보이는가
숫구치는 불길 앞에 눈물짓는 고산자古山子여

대숲 바람 젖어드는
대동여지도 그림 한 폭

125

바람꽃 지도소리

난중일기 亂中日記

동헌마루에 달이 뜬다
습한 바람, 흐릿한 달빛
파도소리 뒤채이고
어지러운 꿈결 속
불을 문 화살이 날아든다

추위 지친 백성들 바람막이
안쓰런 날은, 활대 올라
시위를 다려본다, 한 대 두 대
과녁이 흔들릴 때 병사들 눈빛도 살아나고
기울인 술잔 위에 묵은 시름도 씻어본다

뼛속 저미는 궂은 비, 떨리는 몸 일으켜
파발마 다녀간 둑길을 바라본다
벼랑끝 사직을 지키리라
밀려오는 어둠을 걷어내리라

수평선 넘나드는 갈매기
고향길 어머님도 뵈오리라

126

큰칼 짚어 다짐하며 진중을 굽어볼 제
소스라친 돌팔매 하나 물살을 가르나니
백의종군 허랑한 발길 아픔을 뉘게 말하리오

길가에 핀 들국화가 흔들린다
한바다 물결이 일어선다
엎으러진 배 모아 적진을 몰아칠 제
천지신명도 뱃머리 에웠거늘
달아나는 도적떼 앞에 장한 목숨 앗기다니

7년 전쟁 높은 파도
불개미떼 무찌른 시린 발자취
햇살 우러러 다시 보는 뜨거움이여

바람꽃 지듬소리

황진이 黃眞伊

둥 둥덩, 거문고 줄 고르며
모진 바람 재우리라

떠꺼머리총각
몽달귀신 스며든 뒤란
배꽃각시 서러워라

쟁그렁 옥비녀 떨어지는 소리
풀무덤에 묻어두고,
도저한 양반님네
맺힌 한도 풀어보리

달빛 빼난 모습
여울짓는 노래는
항아님이 나려온 듯
미쁜 이름 자자한데

'어져, 내 일이여
그릴 줄을 모르던가'
버선발 밟히는 눈물
임마중도 애닳고나

서녘 기운 달은
새벽으로 바래이고
거울 비친 얼굴
가는 세월 속절없다

세상살이 얽힌 인연
뜬 구름 아니던가
갑사댕기 땋아주던
어마님 손길 그리운져
산뻐꾸기 우는 나절
송악산 그늘 돌아가리라

빈들에 무덤 하나
벌레소리 잠든 맡으로
진이의 사랑노래
바람 앞에 흩날린다

아사녀 阿斯女
— 현진건의 역사소설 '무영탑'을 읽고

사자수 푸른 혼빛 날아오른 새
세찬 바람 구름을 헤쳐
임 계신 서라벌 땅 지쳐왔는가

젖은 나래 풀잠을 자며
억센 발톱 헤어난 그대

모를지라, 아사달님 석가탑
구슬아기 돌아든 담장 안 높을 줄이야

살바람 겨운 넋, 지고 온
타래실 가눌 길 없어
그림자못 [影池영지] 나려앉아 눈물젖는가

강 건넌 야윈 불빛
어려드는 탑 그림자
이승의 연을 벗으리라
수중 궁궐로 떠나리라

가슴 여민 옷자락 허공에 날려
짙푸른 연못에 잠들었는가

떠도는 바람, 빈 가람엔
흐렷한 안개 어둠 내리고
아사녀 아사녀, 부르는 소리
목을 늘인 해오리도 울고 있었다

바람꽃 지듯소리

청해진 앞바다에서

― 장보고, 그 사람

몰아치는 파도,
비바람에도
한바다 헤쳐가는
길이 있었다

안개 속 슬픔 딛고
갑판 오른 활시위
낯선 땅 도적의 무리
살쾡이떼 물리치고
의초로운 바닷길
해상海上저자 불 밝혔다

보라, 장군섬 모여드는
장삿배 머릴 조아리고
천릿길 귀한 물건도
바리로 실어내니
울력 모은 너름새
바다성城을 쌓았구나

사해四海 떨친 이름
햇빛을 가렸던가

시새움 짙은 나라님네
빌미 다려 내어치니
소년 장수 펼친 꿈도
부질없이 되었구나

그대 가고 없는 빈 바다
흰 갈매기떼 슬픔에 젖고
천년 꿈 웅성이는 바다
짙푸른 물결 위엔
아직도 웅크린 바람
꿈을 잃은 바닷가를 서성이는가

고인돌을 바라보며

보라, 여기 아스라이 숨쉬며
천만년 지켜온 돌이 있으이
때론 골짜기, 언덕길 목도하여
마을에도 닿았거니 흩뿌리는
비바람 속 오롯한 목숨이야
크나큰 기둥처럼 버티었구나
어쩌면 둥글넓적 생긴 그대로
밋밋한 맵시 그대로, 님들의
맑은 영혼 깃들인 자리
달빛 잠기우고 햇볕 그을린 채
적막한 바람소리 흔들리나니
후손들이여, 아득한 일월성신
숨을 멈추고 정갈히 엎딜지어다
이끼 푸른 노래 시름을 딛고
열두 대문 열린 무덤 앞에
덩실 춤이라도 추어지이다

해금을 들으며

에돌다 스러지면
하나 될 수 있을까

벼리고
벼리고
끈적대는 모든 것
냇물 씻어 줄 고르면

말총머리 활에 닿는
명주실 혼
벼랑 타고 산을 오르리

하늘 꼭대기 날으는
저 간절한 울림

바람꽃 지듬소리

해넘이에서

산마루 지는 해를 보면
눈부시지 않아서 좋다

한낮 머리 위 이글거리던
쏘는 달빛 사라지고
말갛게 씻은 얼굴 한갓지게
부드러운 모습이다

바람을 쫓고 구름을 거느리던
뜨거운 숨결 벗어놓고
조용히 자리라도 펴는 것이리

둥근 해가 나리는 곳엔
거뭇한 산들이 둘러서고
살가운 바람조차 일지 않는다

오늘 하루도 무사했노라고
내일은 또 모르는 일이라고
후미진 골짜기 마을을 향해

들새 한 마리 날고 있다

공중에 난 길을 따라 날으는
어미 새의 익숙한 나래짓
어둠살 내리는 하늘 저편으로
알 수 없는 씨앗 하나 물고 간다

바람꽃 지는소리

부록

백년가약, 눈 온 날의 약속

사랑의 열매 맺으리

오늘은 비 개이고

가르침의 외길에서

재롱둥이 스타 탄생

그윽한 숨결 이어받드는

파도야 어쩌란 말이냐

그대 얼굴엔

문화의 향기 넘쳐나소서

무지개를 향하여

경명행수의 별자리

사랑의 나래 펼치소서

아름다운 만남

하늘에서 본 밴쿠버

뿌리 사랑 꽃피우소서

언덕에 올라

어엿한 깃발 힘차게 날리리라

넌 혼자가 아니야

시 낭송 그 봉우리

철쭉꽃 하얀 봄날

백년가약百年佳約, 눈 온 날의 약속

— 박영태 군 결혼식에

어젯밤 첫눈이 내렸습니다
온 세상이 하얗게 치장을 하고
기쁨에 찬 새날을 맞습니다

새로운 가정 새로운 출발
서설의 창밖으로 열리는
푸른 하늘을 보겠습니다

아름다운 나래를 펴는 새날
땀 흘려 일구는 보람으로
소중한 날을 가꾸렵니다

함초롬 잎이 돋는 텃밭
소망의 울타리를 엮어
한 아름 장미꽃을 피우겠습니다

깊이 모를 물길 파도가 밀려와도
두 손 마주 올리는 깃발
순한 바람으로 길을 열겠습니다

140

하얀 지붕 날으는 새
첫눈 내려 눈부신 길, 찬란한
이 아침을 함께 달려가겠습니다

바람꽃 지듬소리

사랑의 열매 맺으리

— 조연주 양 결혼식에

푸르름 가득한 유월
향기로운 바람 앞에 하나 둘
별빛이 돋아나는 저녁입니다

여기, 오랜 바램 하늘이 맺은
인연의 꽃길 따라 축복을 밝히는
한 쌍의 젊은이가 있습니다

어릴 적 사슴처럼 뛰놀던 소녀가
어느새 어여쁜 신부 되어
백마 탄 왕자를 맞습니다

백년을 함께할 서원誓願의 자리
서로를 바라보는 눈빛에는
그윽한 향기가 어립니다

그대들 출항出航의 힘찬 닻을 올려라
인내와 사랑의 키를 굳게 잡고
머나먼 바닷길 헤쳐 가리니

142

언제나 마주보며 등 두드리며
믿음으로 가꾸어낼 행복의 보금자리
아름다운 낙원을 꾸미리라

오랜 세월 보살피며 길러주신
부모님 은혜, 정다운 이웃에도
두터운 섬김으로 보답하리니

튼실한 사랑의 열매 받들어
눈부시게 가꾸어갈 그대들 앞날에
꿈이 있으라, 빛이 있으라

바람꽃 저듭소의

오늘은 비 개이고

― 이기애 시인을 보내며

간밤 울먹이던 구름
천둥소리 그치고 새벽 하늘
소리 없이 비를 뿌리네

세모시 저고리 맵시도 반듯한
햇살 고운 시인이여

때 아닌 돌개바람
모진 병마 이기리라
화사하던 그 음성 어디 가고
무엇이 급해 이 아침
버선발로 떠나시는가

철거덕철거덕
천상의 베틀 앉아
천의무봉天衣無縫
시 한 필 짜시려는가

'시, 아름다운 세상'
강산을 돌며 터뜨리던 그 열정
알알이 맺은 열매

밭머리 놓아둔 채
어찌 눈을 감았으리오

만남도 이별도 이승의 연이려니
슬픔을 녹여내는 저 언덕
어미새의 등을 타고 떠나시는 그대

부디 젖지 않는 새하얀 눈길
비단길을 밟으소서

바람꽃 지듯소의

가르침의 외길에서
— 曺廷道 교장선생님 정년퇴임에

푸른 하늘 반짝이는 눈빛
책을 펼친 고사리손
아이들 모습에서 가르침의 참뜻
가슴에 안았습니다

갓 해방이 되어 나라가 어렵고
혼란하던 때 약관 젊음으로
교단에 서신 선생님

눈비 내려도 한결 같은 스승의 길
우리의 말과 얼 깨우치며 철없는
아이들 무럭무럭 자라게 하였습니다

육이오가 나던 해는 교실도 없는
나무그늘 밑에 흑판을 걸어놓고
땅바닥 수업을 하기도 하였지요

가난에 겨웁던 이 나라, 그 사이
땀 흘린 보람으로 크고 높은 집 짓고
씩씩하게 자란 아이들, 주인공 되어
곳곳에 아름다운 꽃을 피웠습니다

이제, 첫발 들인 모교 창녕에서
40여 성상 정든 교단 떠나심에
그 영광되고 자랑스러움이야
무엇에다 비기오리까

부디 무거운 짐 훌훌 벗으시고
단란한 가정, 복된 여생 누리소서

바람꽃 자드락의

재롱둥이 스타 탄생

— 손녀 돌잔치에

2015년 1월
하늘에서 반짝이던 별 하나
우리 집에 내려왔네

두 주먹 불끈 쥐고
첫 울음 터뜨리며
엄마 아빠 사랑품에 안기었지

365일 새록새록 젖을 빨며
무럭무럭 자라난 예원이
어느새 재롱떠는 웃음으로
집안의 일등 스타가 되었네

쬠쬠, 도리도리, 짝짜꿍—
고사리손 마주치며
일손 바쁜 아빠 '딸바보' 만들었다네

눈에 삼삼 손녀 재롱 놓칠세라
하루가 멀다며 카톡 영상대화하는 할미
따스한 털옷 뜨개질하랴, 밤을 지샌다네

148

누가 이 기쁨을 알리오
부디, 건강하게만 자라다오
맘껏 뛰어놀며 해맑게 자라다오

엄마 아빠 사랑받이 귀염둥이로
한 발짝 한 발짝 내딛는 너의 걸음마에
이 할애비 박수를 보낸다
휘파람을 띄운다

바람꽃 지듬소리

그윽한 숨결 이어 받드는

— 광복 50년 종로문화원 개원에

600년 물소리에 아름드리 나무들
하얀 소나무 자라난 자리,
어린 솔 다시 심어 그 뿌리 내렸으니
새 시대 종소리 함께 아침은 밝아오는가

오랜 숨결 역사의 한가운데
북악 뻗힌 정기 인왕산 낙타봉으로
에두른 서울성곽이 아름답구나

보라, 겨레붙이 큰 다스림 나랏말씀 받들어
여염에도 줄 잇는 효자요 충신
바다 건넌 오랑캐 끝끝내 물리치며
어두운 36년 불 밝힌 자리
종묘사직 지켜낸 탑골공원 만세소리
다시 세운 광화문이여

뿐이랴, 흰옷 입은 백성들 시전거릴 메우고
남북촌 드나들며 세시풍속 가꿨으니
발길 닿는 고샅길 돌부리에도
조상의 빛난 숨결 그 아니 흘렀으리

묵향 어린 인사동길, 명륜당 대학로길
청운의 꿈 펼치는 이 땅의 젊은이들
장한 기상도 심었어라

이제 광복 50년,
비원에 자란 나무 품 넓은 가지 드리우듯
자랑스런 문화의 고장 가꿔가리라
그윽한 숨결 이어 받드는 고고呱呱의 울음소리
종로문화원이여

바람꽃 지는소리

파도야 어쩌란 말이냐
― 김수남 명예시인 1주기 추모의 밤에

시인이 아니면서도
시인보다 시를 더 사랑한 이
모란이 뚝뚝 떨어진 오월 어느 날
홀연히도 시를 버리고 먼 길 떠나셨나니

지금쯤 어느 넓은 들 동쪽 끝으로 난
시의 샘을 찾아서 길 푸른 산자락 머무시는가

일흔 일곱 번째 맞는 삼일절
일제 총독부 건물 헐어내던 날
탑골공원 '민족혼 시낭송회'에 달려와

'해야 솟아라, 해야 솟아라'
혜산 선생의 힘찬 노래 목청껏 뽑아
큰 박수 받으시고

정말, 좋은 기획 하셨소이다
8.15 광복절에는 우리 함께
탑골공원 마당에 불을 밝히고
KBS, MBC, SBS 방송사들 모조리 불러와
겨레의 혼이 넘치는 시의 잔치를 벌입시다

152

그리하여, 이 땅의 서럽고도 아름다운 싯귀를
온 겨레의 가슴마다 울려 퍼지게 하십시다

금세라도 성사가 다 된 듯 감격의 건배를 들던
그 소년 같은 말씀들 아직도 귓속에 쟁쟁한데
어찌 이리도 무심히 떠나셨나이까

이 땅 시를 쓰는 시인과 시의 향기조차 모른 채
살아가는 수많은 사람들 사이 일편단심 만남의
다리를 놓아주던 선구자시여

우리의 역사와 문학, 그 해박한 지식으로
시의 뜻을 새기며 자랑스런 '명예시인'에
한 점 부끄럼이 없었나니

'전국시사랑어머니회'를 이끄시고
방방곡곡 척박한 텃밭에 뿌린 씨앗
무럭무럭 자라고 있음을 보나이다

그토록 높고 귀한 당신의 뜻 이제 우리들
가슴에 아로새겨 불씨로 남았나이다

나날이 황폐해가는 정신, 물질문명 속
그늘에 가리운 시의 모습, 시의 참모습 찾아
세상에 드러낼 때라고 이 시간 다짐을 합니다

아직도 한창 일할 나이, 무지갯빛 고운 꿈
뿌린 채로 울연히도 떠나가신 임이여
부디, 60평생 바쁘고 겨웠던 일 다 떨치시고
유유자적 강산을 돌며 푸른 하늘 향하여 우리
시의 색깔과 빛과 향기를 마음껏 풀어놓으소서

 '파도야 어쩌란 말이냐,
파도야 어쩌란 말이냐'
파도보다도 높게 높게 날으옵소서

그대 얼굴엔

— '한단시 소리방' 시낭송회에서

그대 얼굴엔 구릿빛 강이 흐르고 있다
풀빛 마주치는 싱그러운 들을 지나
뙤약볕 쓰러지는 가뭄의 골짜기를 지나
서걱이는 꿈속에서도 낟알 하나 건지는
통나무 거룻배를 띄운 강이 흐르고 있다

그대 얼굴엔 옥수수 영근 바람이 불고 있다
지심 매던 밭머리 벗어놓은 미투리
육자배기 구성진 가락도 풀어놓아
먼 산그림자 어려드는 지아비의 연가처럼
눅눅한 바람이 불고 있다

그대 얼굴 가득히 즈믄 강이 흐르거나
수수밭 일렁이는 가을바람 불거나
꽃잎 한장 띄우는 선한 웃음 속
주름진 이마 드리운 황토빛 그림자
노을 비낀 들녘에 무지개로 서 있다

문화의 향기 넘쳐나소서
― 구의동 강변마을 축제에

보라, 여기 오랜 역사와 전통
광나루의 정다운 이웃들 모여
시와 노래가 있는 잔치 한마당
아름다운 새날을 펼치는도다

그대들 숨쉬며 가꿔온 살가운 동네
맑고 푸른 기상 구의九宜 언덕으로
주민자치 높다란 깃발 흔들며
앞서 가는 마을이름 다시 쓰노라

모두들 힘차게 달려 나가자
거리에서 광장에서 정겨운 눈빛
이웃 함께 열어가는 보람찬 터전
힘들고 어려운 일도 함께 나누자

유유히 흐르는 한강물 보며
강변로 달리는 자동차 물결
동서남북 뻗어난 다리를 따라
햇살처럼 복된 삶 누려 가리라

156

어기여차 뜨거운 가슴을 열고
광나루길 자란 푸른 가로수
인정의 샘이 솟는 밝은 거리로
모이자 노래하자 꿈을 키우자

동녘 하늘 틔어오는 아침해 눈부시다
자랑스레 내딛는 희망찬 발걸음
강변마을축제로 하나가 되리
문화의 향기 넘치는 꽃을 피우리

157

무지개를 향하여
— 제2회 세계장애인문화예술제를 기리며

오늘도 나는 휠체어를 타고 달린다
빌딩숲 사이 씩씩하게 핸들을 잡고
스치는 사람마다 눈인사를 건네며
환하게 웃는 얼굴로 하루를 맞는다
어디선가 숨차게 달려오다 멈추는 이
미소 띤 얼굴로 손을 잡는다

세상은 넓고 넓다지만
골목길 어귀에서나 만나는 우리의 삶
세찬 강물에도 징검다리를 놓아야 한다
드센 바람 앞에서도 우산을 펼쳐야 한다
더러는 빈 바구니 담기는 인정의 샘
눈길 마주치며 꽃을 피워야 한다

그 누구의 잘못인가
어느 날 불어 닥친 낯선 그림자
하늘, 땅 돌아봐도 지울 길 없고
아무것도 모르는 풀꽃만이 향기롭다
장애는 장애일 뿐, 거치적거리며
마주하는 불편일 뿐, 살뜰한
삶의 무게를 덜어내지 못한다

158

있는 힘 다해 가시덤불 걷어내고
햇살 따스한 자리 펼쳐야 한다
가슴 깊이 간직한 문학의 향기
숨은 재주 풀어내는 예술의 세계
땀 흘려 일궈낸 장한 열매여

가슴을 펴라, 어깨를 펴라
산봉우리 떠오르는 꽃무지개
아름다운 도전 앞에 영원하리니

바람꽃 지듬소리

경명행수經明行修의 별자리

— 정여창鄭汝昌 선생 500주기에 붙여

역사의 아이러니일까, 조선왕조
무오戊午 갑자甲子의 광풍에 날아
유배의 쓴맛, 부관참시 극형에도
사필귀정 억울한 죽음 밝혀져
우러러 문묘文廟에 배향되고
천추에 이름을 전하였구나

지리산 동쪽 함양고을 태어나
한 마리 좀벌레로 자처한 일두 선생
오경五經을 익히고 수행길 들어
한치 몸가짐에 흐트러짐 없었나니
원근 사문斯門에 자자히 알려지며
점필재佔畢齋 문하의 동문수학
한훤당寒暄堂과 쌍벽을 이루었다네

조정의 부름에 벼슬길 올랐으되
일신 영달의 꿈을 뒤로한 채
그리던 고향 안의현安義縣 내려
등받이 얼룩진 민생 어루만지며
가난한 백성 교화에 힘을 쏟으니
아름다운 도학의 나래가 펼쳐졌도다

160

선생이 가신 지도 어언 오백 년
물소리 바람소리, 글 읽는 소리
남기신 문집 다 불에 탔으나
이 땅 도학의 꽃봉오리 드리우고
후학의 길 넓힌 우뚝한 자취는
구전으로 전하며 만인의 가슴 속
아득한 별자리로 빛나고 있다네

바람꽃 지등소리

사랑의 나래 펼치소서
— 구성성당 '성모의 밤' 에 드리는 헌시

아카시아꽃 향기 가득한
아름다운 오월의 밤
우리 모두 사랑하올 어머니의
뜰에 모였습니다

마음을 다하고 힘을 다하여
주님의 종이기를 응답하신
동정 마리아

언제나, 어둠 속에서도
저희들의 연약한 기도 들으시고
낱낱이 주님께 간구하시는
자애로우신 어머니여

오늘 어머니의 크낙한 사랑 앞에
엎드려 촛불 밝히오며
한아름 꽃다발을 바치나이다

가난하던 천막성당에서 이토록
덩그마니 새 성전 마련토록
힘을 주신 어머니

저희들 7000여 교우들 이제

새롭게 다짐하며 옹골찬 신앙의 길로
나아가고 있나이다

언제나 그랬듯이 저희들
미욱한 손길 잡아주시고
부족한 사랑 가슴 가득 채워주소서

살아온 날들보다
살아갈 날들이 더욱 눈부시게
삶의 기쁨 충만케 하시며

작은 바람일지라도
늘 기도하는 가운데 성숙한
신앙인의 모습 지켜가게 하소서

사랑하올 어머니시여

이 밤의 찬미 노래 밤하늘
반짝이는 별빛으로 수놓아
멀리멀리 울려 퍼지게 하소서

향기로운 5월 동산에
눈부시게 나리신 성모마리아
복되신 어머니여

바람꽃 지듬소의

아름다운 만남
— 경상중 동문 합동회갑연에

보아라, 홍안소년이던 그 시절
지척에서 바라보던 얼굴, 얼굴들
이제 모두 만나는구나
사십여 성상星霜 아련히 다가오는 그리움
어젯날을 되돌리며 얼씨구 다시 보는구나

그 이름도 정겨운 야싯골
대명동 언덕바지 넓으나 넓은 교정
높푸른 하늘 바라보며 우리 모두
마음껏 운동장을 달렸었지

날으는 새를 좇아 청운의 꿈 키웠거니
보아라, 이제도 뒤를 잇는 아우들 모습
늠름하고 자랑스럽지 아니하냐

이제, 긴 강물 바람치는 세월을 돌아
희끗희끗 반백의 머리칼 날리며
그리운 교정에 다시 모였다

더러는
먼저 간 동문 소식에 눈시울 적시고

호랑이 같은 옛 은사님들 흉보긴들 허물이랴
이 시간, 가슴 터 회포를 풀자꾸나

앞서거니 뒤서거니 남은 세월 다독이며
못다한 꿈 어루만지는 아름다운 자리
우리 모두 축배를 들자, 형아 아우야
목청 돋우어 자랑스런 교가를 함께 부르자

바람꽃 지듯소리

하늘에서 본 밴쿠버

— 2010 동계올림픽 그 영광을 기리며

로키산맥 장엄한 봉우리들 솟아 있는
아름다운 도시 밴쿠버
산꼭대기 쌓인 눈이 반짝이고 있었다
검푸른 바다 위로 그린 듯이 돛단배 떠 있고
물방개처럼 작은 차들이 도로 위에
꼬릴 물고 움직이고 있었다
길가 공원에는 키 큰 나무들 가지런하고
'현대'가 놓은 '무지개다리' 자랑스런 모습으로
노을 비낀 강 위에 높이 걸려 있었다
오륜기 앞 타오르는 성화를 보며
지구촌 도처에서 모인 얼음판의 건각들
보란 듯이 빙판과 설원을 누벼 달리고
대한의 젊은 선수들도 어깨 나란히
신발끈 조여매며 달려나갔다
모태범, 이상화, 이승훈, 코리아의 영웅들
내로라는 키 큰 선수들 물리치고
기록을 다시 쓰며 달리고 달려
시상대 꼭대기에 태극기를 펼쳤다
오색등 불 밝힌 실내경기장
피겨 여왕 김연아가 무결점 연기 선보이며
금메달을 목에 걸고 환하게 웃고 있었다

'원더풀 코리아' 메아리치는 함성에
멀리서 지켜보던 아메리카 원주민들
로키산맥 근엄한 봉우리 아래
손 흔들며 눈물을 뿌리고 있었다
아아, 태평양 기슭 아름다운 항구에는
북극해를 향해 정박한 크루즈선 옆으로
동해바다 돌아갈 연어떼가 모여 있었다
힘차게, 물살 가르며
태평양을 건너는 꿈을 꾸고 있었다

바람꽃 지듬소리

뿌리 사랑 꽃피우소서
— 제22회 대종회 정기총회를 맞이하여

보라, 800년 서흥瑞興의 뿌리
숭조돈목, 애종 애족의 뜻모아
대종회 문을 연 지 스물세 해
어엿한 청년의 모습 되었구나

돌아보면, 가난하던 신접살림
어디서부터 무엇을 할까
종원을 아우르며 청사진을 그리며
크고 작은 일들 땀 흘려 펼쳐 왔네

선조의 빛난 정신 발자취 따라
'보감寶鑑'을 엮고 대동보를 만들며
한훤당寒暄堂 중시조의 현양사업까지
눈부신 알찬 사업 추진하였네

해마다 펼치는 대종회 잔치마당
종원들의 근황과 커가는 모습 보며
지방 종친회의 결속까지 다지는
화합의 큰잔치로 자리매김하였다네

168

뿔이랴, 도시에 뻗어나는 '서홍회' 모임
자라는 젊은 세대 관심 이끌며
선조의 유적과 제향사祭享事까지
스스로 돌아보는 기틀을 마련했네

사람은 가도 자취는 남는 것
앞서거니 뒤서거니 쏟아온 정성
대종회 기치 아래 옷깃 여미고
이제 다시 우뚝이 일어서려네

가야 하리, 멀고 먼 추원追遠의 길
강물처럼 흐르는 뿌리의 후손들
손에 손잡고 가슴을 맞대
잎새 푸른 가지에 꽃을 피워야 하리

바람꽃 지듬소리

언덕에 올라
— 고교 졸업 50주년 동문회에서

매화꽃 망울 터진 봄날
손에 손에 졸업장을 들고
청운의 꿈 부풀어
'팔공은 북녘에 가로 놓이고'
힘차게 교가를 불렀었다

그날의 감격 아직도 생생한데
어느새 아득한 세월 지나
머리엔 하얗게 서리 내린
칠순의 언덕에 섰다

얼마나 변했을까
내로라는 대학에서 학문을 닦고
나름의 일터에서 탑 쌓은 모습
큰일 일군 흔적 역력하구나

그리운 이름 동문들이여
몰라보게 달라진 우리의 발전도
세계 속에 우뚝한 나라의 위상도
그대들 땀 흘린 열매이려니
이 얼마나한 뿌듯함이냐

인생은 철부지래도 좋고
한바탕 꿈이래도 좋다
신들메를 풀고 옛 추억 젖어
그리운 고향 노래 불러보자

굵직한 흰 테 모에 자랑스런 교복
홍안의 모습 떠올리며 잔을 부딪쳐
살아온 날들 아름다운
승리의 노래 부르자꾸나

어엿한 깃발 힘차게 날리리라

— 서울시우회 30주년에

보라! 남산 위의 소나무
휘돌아 흐르는 한강의 푸른 물결
600년 서울 아름답게 가꾸리라
땀 흘려 일한 역전의 용사들
아시안게임 치르던 1986년
서소문 시청 별관 모여
1300명 회원으로 '시우회'를 창립하니
어느새 30년, 둥지 넓혀
회원 수 일만 명 시대를 열었구나

돌아보면 지난날의 나라사랑
젊음 바쳐 시정에 봉사하던
땀 절인 시간 추억으로 어리나니
장마철 넘쳐나던 한강에 둑을 쌓고
천만 시민의 발 지하철을 만들며
아름다운 숲과 공원 푸르게 가꾸어
88서울올림픽, 한일월드컵도
보란 듯이 번듯하게 치루었도다

172

오늘도 가슴이 뛰는구나
민족의 수난 6.25의 아픔 딛고

선진국 문턱 넘으리라
세계 속의 서울로 치닫던 열정
그 보람, 자랑으로 간직하며
시우가족 다시 모여 기를 세웠네

지나온 30년, 짧은 자취에도
뜨거운 가슴 손을 맞잡고
훈훈한 경로잔치며 체육대회
지회마다 펼친 등산길 자연보호
요즘 어떻게 지내십니까 '회지'를 발간
잊을 수 없는 옛 이야기 나누며
사회봉사, 시정모니터까지
두루두루 알찬 사업 추진했네

이제 디지털 100세시대
건강과 가정, 주변을 돌아보며
아름답게 물들어가리라
그대들 이룩한 세계 속의 서울
한강의 기적이 헛되지 않게
젊은 세대 후배님들 본보기로
건강한 사회 밑거름으로

바람꽃 지듬소의

든든한 기둥을 세우리니

자랑스런 시우들이여!
다시 한 번 팔을 겯고 일어서라
푸른 하늘 드높이 날개를 펴고
샘솟는 그리움, 서울의 향기
따스한 바람 일으키며
어엿한 깃발 힘차게 날리리라

넌 혼자가 아니야
— 한국시인협회 독도방문에서

동해 푸른 바다 물보라 일으키며
하얀 갈매기 품에 안고 달려왔네
철썩철썩 손 흔드는 독도야
누가 뭐래도 넌 혼자가 아니란다
바위틈 길어올린 젖줄 같은 샘물
바닷길 열어주는 외줄기 등대
천년을 지켜온 고향이란다
뱃길 열어놓은 선착장 아래
어제 본 듯 반가운 얼굴
물개바위 촛대바위 아니더냐
아아, 저 어기찬 물결

호시탐탐 노리는 가증스런 눈빛도
이제 널 위협할 수 없단다
창날 같은 믿음직한 두 봉우리
칠천만 겨레가 지켜보고 있다
우리 함께 어둠을 뚫고 바다로 가자
태양을 향해 나래를 펴자꾸나
아가야, 넌, 혼자가 아니란다
천년 사랑, 우리의 자랑스런 독도야

바람꽃 지듬소의

시낭송 그 봉우리
― 용인 죽전야외음악당 시낭송회에서

누가 어떻게 오를까요
시 한편 부려놓을 저 높은 봉우리

사뿐한 나비의 나래짓
흐르는 물소리 바람소리로
박하향 뿌리며 내딛는 걸음

쿵쿵 자박자박 진양조
자진모리 중모리 휘모리까지
숙련의 발걸음으로 산을 오르리

싸아한 옹달샘에 목을 축이고
가파른 고갯길도 휘파람으로
오롯한 시의 향기
솔내음을 전하리

뻗쳐오르는 열망의 무지개
천길 벼랑 앞에 다리를 놓아

너와 나 하나 되는 기쁨에
물결치며 솟아나는

자욱한 박수소리

저 높은 곳을 향하여
우리는 지금 어디쯤 가고 있는가

바람꽃 지듭소리

철쭉꽃 하얀 봄날
— 철원 '성람' 복지재단 시낭송회에서

어머니가 잠드신 날
꽃은 피었습니다
온산 나부끼는 분홍빛
진달래를 닮으라지만
어젯밤 달빛이 붉었던가요
피멍 든 꽃이파리
붉게붉게 피었습니다
쑥, 쑥국—
봄이 한창이라고
멀리서 들려오는 쑥국새소리
입술 깨물망정 눈물이야 보일까
물오른 나무, 꼭지 않아
환한 웃음 터뜨리는 철쭉꽃
새하얀 봄날 파아랗게
타오르고 있다

김태호金兌浩 시인 연보

1938년 충북 보은군 외속리면 장내리 출생
1958년 대구대학(현 영남대) 법정학부 수료
        (창녕초교, 대구 경상중, 경북고 졸업)
1966년~1998년 서울시 지방공무원(시청, 구청 등)
1989년 시 〈닭〉, 〈벙어리새〉로 『한국시』 등단
1991년 첫시집 《달빛씻기》(도서출판 호롱불) 상재
1994년 시집 《한 줄의 시로 하여 서럽지도 않으리라》(도서출판 청
        학) 출간
        제5회 한국시문학상 수상(한국시사)
1996년 시집 《눈나라 소식》(계명사) 출간
        제5회 우리문학상 수상(우리문학사)
1997년 제1회 종로문화상 수상(종로신문사)
1998년 시집 《해돋이》(다인미디어) 출간
2007년 시집 《봄, 오다》(한누리미디어) 출간
        제1회 한국현대시문학상 수상(한국현대시문학연구소·
        독서신문사)
2010년 시집 《발가락에 쓴 시》(한누리미디어) 출간
2015년 시집 《동물의 세계》(한누리미디어) 출간
2017년 시선집 《바람꽃 지등소리》(한누리미디어) 출간

문단활동 : 한국문협, 한국시협, 국제펜클럽, 한국가톨릭문인회 등

바람꽃 지등소리

낭송이 좋은 김태호 시선집

바람꽃 지둥소리

•

지은이 / 김태호
발행인 / 김영란
발행처 / **한누리미디어**
디자인 / 지선숙

•

08303, 서울시 구로구 구로중앙로18길 40, 2층(구로동)
전화 / (02)379-4514, 379-4519
Fax / (02)379-4516
E-mail/hannury2003@hanmail.net

•

신고번호 / 제 25100-2016-000025호
신고연월일 / 2016. 4. 11
등록일 / 1993. 11. 4

•

초판발행일 / 2017년 9월 25일

•

ⓒ 2017 김태호 Printed in KOREA

•

값 12,000원

※잘못된 책은 바꿔드립니다.
※저자와의 협약으로 인지는 생략합니다.

ISBN 978-89-7969-759-9 03810